紅《あか》の脈絡

水無月慧子
MINAZUKI KEIKO

幻冬舎 MC

紅《あか》の脈絡

目次

紅《あか》の脈絡

――「けもの道」しかなかったこの宇留邊《うるべ》に、初めて本格的な道路が作られたのは、一八九一（明治二十四）年のことであった。

工事に当たった囚人のうち、二百十一名が命を落とした。その中には鎖をつけられたまま脱走を試みて捕えられた者も多く、彼らは皆土饅頭と呼ばれる土を盛り上げた墓に葬られ、そこは鎖塚と呼ばれた。

当時の野図町長・沼中武氏によって、地蔵一体が建てられた。

そののち、いつ誰が建てたのか、もう一体の地蔵が出現した。

一

「……とにかく、この鉄門をよじ登ろうなんて無茶だ。こんなところを見られたら、全員サーベルで斬り殺されるか、鉄砲で撃ち殺される。急いでこっちに入って戸を閉めるんだ」

背の高いきれいな影が、雑多な影の塊を誘導した。そこは裏門の一角に置かれた十畳ほどの木造の監視小屋だった。机が一つ、椅子が一脚、壁には警部の制帽とサーベル、そして白衣がかかっていた。

「ここから脱走する手立てなどない。もし僕が見て見ぬふりをしても、外には相当数の看守や巡査たちが巡回している。諦めたほうがいい」

鈴木竜興《たつおき》警部の透明感のある若々しい声に、五人の囚人たちは絶望した。

「もうたくさんだ！　竜興さま、いっそ殺してくれよ！」

と、一人の囚人が叫んだ。

「そうだ、そうだ！　どうろ……あの『道路』ってやつを作るために、いってえ何十人の仲間たちが死んでいったか」

と、別の一人が続いた。

「初めは原始林との戦じゃった……」

やけくそになっている囚人たちの中から、文平《もんぺい》という初老の男が落ち着いた声で言った。巾着切《きんちゃくき》り上がりでスリの腕前は見事なものだったが、狙う相手はあこぎな大店《おおだな》の主人などだった。市井の民の中には文平をこっそりと英雄視している人々もいるのだった。それはこの囚人たちも同じだった。一同は文平の言葉に耳を傾けた。

すると、

「文平さん。ご存じのように僕はここへ来てまだ三日目の警部兼医師です。僕は、あなたの話が聞きたい。場合によっては、僕はあなたたちの力になれるかもしれない」

竜興もが静かな声で言ったので、他の囚人たちは、ざわめいた。しかし、言葉を発する者はいない。皆、竜興のいつも微笑んでいるような優しい目や、囚人たちを一般の土木作業員などと同じように扱ってくれる姿に親しみを込めて、苗字ではなく「竜興さま」と呼んでいた。そして、今の竜興の正直な言葉に彼らは胸を熱くしていた。

「聞いてくださるか、竜興さま」

文平は頭を下げた。

「ここはのう、太古から誰も手をつけていなかった原始林じゃった。いや、呼び名は原始林じゃが、実際は原始の森と言ったほうが当たっとります。そこへわしらぁ斧一丁持たされて突っ込まされたんじゃ」

「よく斧を武器に蜂起しなかったね？」

竜興が同情を滲ませた声で問うた。

「そりゃあ無理ってもんです。巡査や看守は皆サーベルを下げているし、中の何人かは鉄砲まで持って見張りをしてますんで。原始林との戦が終わったら、戦死した仲間たちを弔う時間も、休む間もなく、今度は土砂との格闘だ。天秤棒を担いで、限界まで土砂をのせた籠を前と後ろに吊って……」

そう言う文平たちの天秤棒を担ぐ右肩には、血の染みが黒くなってこびりついていた。

「わしら、人間扱いされてねえんでさ。ええ、ええ、わかっていますとも。わしら、みぃんな罪人《ざいにん》じゃ。人を殺《あや》めた奴もいる、押し込みを働いた奴もいる、女を犯した奴もいる……。けどね、竜興さま。逃亡を防ぐと言って、隣の奴と鎖でつながれるなんて！　鎖にゃ、重い鉄の球がついていていて。足枷は、擦り傷どころか、肉に食い込んで……」

「うむ。あれは危なかった」

と、竜興が大きく頷いた。

「そうですじゃ。竜興さまが、邪魔する看守や巡査を払いのけて素早く手当してくださったで、ヤスの奴、監獄の病院で手術っちゅうのを受けて命を取り留めたんじゃ！」

囚人たちが目を潤ませながら竜興を見た。

「医師の目から見るとここはひど過ぎる。すぐに上席《じょうせき》にかけあったのだが、僕が臨時雇いのせいもあって、まったく聞き入れてもらえなかった。僕の非力を許してくれ」

するとと文平が、

「竜興さまが謝ってくださる、ご自分は少しも悪くねえのに。もったいないことでさあ。それより、こうなったら逃げようがねえ。わしはこの命、竜興さまにさし上げます。逃亡の現行犯として、斬るなり撃つなり、お好きになさってくだせえ。わずかじゃが、竜興さまの手柄になると思えば、死にがいがあるってもんでさあ」

そうだそうだ、竜興さまに殺してもらおう！　そんな声が監視小屋の中を埋めた。

この当時、日本全国の監獄は、どこもかしこも満杯だった。囚人の食費代が、監獄の予算を圧迫していた。だから、囚人が死んでくれると、ありがたいのだった。だが、ここでは人手がいくらでもほしいから、何人か死ぬと急いで求人を呼びかける。すると、ぜひ当監獄からと名乗りを上げる監獄が続出した。囚人の食い扶持を少しでも減らせれば、助かるのだった。

「それほど辛いのか？」

竜興は溜息をついた。

書き物机の上で、カンテラの炎がかすかに揺れて竜興の顔を照らした。

（辛くとも刑期を終えれば生きていてよかったと思える日が来るかもしれない。そう説得するのが、人間としての正しい道なのだ。……だが、人数もちょうど五人。この人たちが、ドナーになってくれれば、今、瀕死の状態にある、我がレイギッガア星のエ

ンジニアチームを回復させることができる。そうなれば僕たちはレイギッガアに帰還できるのだ）

竜興は五人の囚人たち、一人ひとりの目を見た。

「本当に、その命、捨てられるのか？」

脱獄未遂者たちは、竜興の哀しげな双眸《そうぼう》に、虚をつかれた。

「どうしなすった、竜興さま？　何か、でかい荷物を抱えて途方に暮れていなさるようだ」

文平が、不思議そうに聞いた。

「僕は今、警部でも医師でもない。ただ、自分の感情に囚われている、弱い人間なのだ」

「竜興さま……。何か、他にあるんでやすね？」

文平が、長年闇の世界に生きてきた者の勘で先回りするように言った。

「竜興さま。何かあっしらにできる、どでかいことがあるんでやすね？　それは多分、旦那とたくさんの人たちのお役に立てる——そんなことですかい？」

図星だった。

(僕は文平さんたちの好意を利用しようとしているのだ)

いつの間にか月は黒い雲に覆われ、地上は闇に包まれた。

(確かに、それしか方法がない……)

僕の命はすでに汚れている。汚れるのは、僕一人でいいのだ。

北海道における中央道路は、その名のとおり北の大地の生命線だった。明治政府はその完成を急いでいた。理由はさまざまあるが、一つには海を挟んだ近隣の国の動きがあった。中には、自国の発展のために領土拡張を目論み、北海道を狙っている国もあった。他国に先を越される前に、北海道を最先端の防衛基地にすべく、明治政府は多方面から北海道開発に力を入れていた。

その重要な中央道路開削工事の開始当初は、土との戦いではなかった。一帯のほとんどに存在する通称・原始林との格闘だった。人間ごときの侵攻に、簡単に屈する大自然ではなかった。

この戦争のような開削に当たった人夫の多くは利士馬《りしば》監獄の囚人たちだった。彼らが木の盛り上がった根に足を取られて転がるさまや、自分が切り倒した細い木に肩を打たれて悲鳴を上げる姿を、看守や巡査たちは面白がって見物した。

そんな中で発生した文平をはじめとする囚人たちの変死事件は、看守や巡査たちを困惑させた。

それは、文平と竜興が言葉を交わした夜が明けてからのことだった。

文平をはじめとする五人の囚人たちが、全員死体となって発見されたのだった。

「あっ、こっちに鈴木警部どのも倒れておられます！」

「生死は？」

「生きておられます！　かすかですが、息をしておられます！」

その声に、竜興は目を覚ました。

「う……ん……？」

竜興は、かたわらの巡査の肩を借りて上体を起こし、頭を振った。

「鈴木警部、何があった？」

一人の警部が、囚人の死体を指し示して問うた。

「そ、それが、突然青白い光が射し込んできて……、あとは、記憶がございません」

文平たちの死体は、警察には不可解なものだった。全員が体のどこかにひどい傷を負っていた。それが死因であることは、一目でわかった。だが、その傷をいつ負ったのか、誰にやられたのかまったくわからない。それ以上に不可思議なのは、五人が、監視小屋の横に一列に並んで倒れていることだった。そして、みんな、これだけひどい傷を負っているにもかかわらず、その表情は穏やかだった。

二

その奇妙な死体が発見される三日前。空に輝く遥かな星々の彼方で、大惨事が起きていた。

「緊急事態発生！　銀河系航空宇宙局、応答願います！」

――こちら銀河系航空宇宙局です。船籍並びに船長氏名をお知らせください。

「船籍は、レイギッガア王国。船長は、カイエ・ギリー！」

――失礼ですが、今お話しになっているのが、ギリー船長ですか？

「いえ、船長は操縦席に足が挟まって出られないのです。僕はレイギッガア王国王子、ガイ・竜興・レイギッガアです」

――了解しました。ガイ殿下。何が起きたのか、順を追ってご説明ください。

「はい。昨日、キッドス星のメックス王子の華燭《かしょく》の典《てん》でお祝いを述べ、帰途、一時間ほど航行した直後、大規模な流星群に遭遇。バリアを張ったものの、本船の損傷激しく、修理に赴いたエンジニアチーム五名全員が、第一エンジンの爆発に巻き込まれ、負傷。現在、船医と僕とで応急処置はしましたが、出血がひどく、重体です」

——人工血液のストックはございますか？

「はい。しかし、五日分しかありません。あれは傷みやすく成分も人間の血液より劣ります。本当の一時しのぎです。ワンパックで一日分の人血の代わりにしかなりません。一刻も早く、人間の血液を輸血しなければ……」

——ガイ殿下。ただ今レーダーにて貴船を捕捉いたしました。同時に貴船の近くに、人間の住む惑星を確認。惑星の名は「地球」。しかし、まだ銀河連邦にも属さない発展途上惑星ですので、宇宙船などを見たら大騒ぎになるでしょう。

「地球、ですか。それなら、十年ほど前、銀河系史料編纂局が発刊した『若い惑星たち』という写真集と論文で拝見しました」

——左様ですか。では、地球の日本という国が、レイギッガア王国とほとんど同じ言語形態を持っていること、また国民の思考や文化などにレイギッガア王国と共通する点が多いことはご存じですね？

「はい」

――では、殿下、まず地球に不時着することをお勧めします。

「不時着……『日本』にですか？」

――はい。「日本」の北部に位置する北海道といわれる場所の映像を送ります。

「まあ、ここを見て。この部分を拡大するととても大きな土くれがあるわ。この中に宇宙船を入れて、上から残りの土をかけたら、オムライスみたいですわね、お兄さま」

「エリス！　危険だからシートベルトをしっかり締めて座っていなさいと言っただろう？」

ガイは、突然侵入してきた愛らしい声に、毅然とした態度で向き合った。

「でも、わたくし、お兄さまをお助けしたくて。わたくしだって、十二歳とはいえ、王族の一人ですわ」

乗馬服を着た長い髪の少女は、臆せずそう言った。

「エリス。君の気持ちはうれしいが、どんな危険があるかわからないのだよ」

「わたくし、自分の身は自分で守れますわ。これをマスターしましたの」

エリスは、胸のペンダントを兄に見せた。エメラルドグリーンの天然石のまわりに金色の縁取りが施されたものだ。

「催眠術、か」

「レイギッガアの人たちは理屈っぽくなって、おかげで催眠術にもかかりにくくなりましたけど、地球の人たちはレイギッガアより百年は遅れていそうですわね？　まだ単細胞で、催眠術にもかかりやすいと思いますわ」

「うーん。……確かに使えそうだが……どうかな？　僕は君の身が心配だ」

「大丈夫ですわ。危なくなったら、空に舞い上がればよろしいんですもの」

エリスは事もなげに言った。

「ほら、ご覧になって。新しい情報が流れてきましたわ。これからわたくしたちがすべきことは『日本』という名の国の状況を知ること。そして日本人に化けること、ですわね」

「やれやれ、君の勝ちだよ、エリス。それじゃ、王女エリスにも、力を貸してもらおうか」

ガイとエリスは、モニターに集中した。銀河系航空宇宙局から、次々と日本に関する情報が送られてくる。

「まず呼び名を変えたほうがよさそうだね。僕の名前は、ガイ・竜興・レイギッガア。でもガイは日本人には似合わないな。ミドルネームの竜興と呼んでもらったほうが日本人的だろう。そして、よくある苗字が、佐藤、鈴木……」

「鈴木がよろしいわ、お兄さま。鈴の実る木だなんて、ステキだわ」

「……エリスには完敗だね。じゃあ、君は鈴木千鶴。僕は鈴木竜興」

二人は顔を見合わせた。

「……おっと、最後の情報が入った。ええと、あの土くれは、道路を作るために捨てた余分な土砂。そして、おお、渡りに船の情報だ。工事現場で働く常駐の医師と通いの警部を募っている」

「お兄さまのキャリアは超一流だからすぐ雇ってもらえるわ。レイギッガアでは、たとえ王族でも働かざる者食うべからずがモットーですから」

それから、竜興と千鶴は、日本という国の警部の制服を偽造したり、書類を捏造したりして、入念に準備をした。兄妹はそれぞれレイギッガア警察に見られたら、大騒ぎになるだろうと思った。だが今は非常時なのだ。急いで五人のエンジニアに輸血をしなければならない。そのためのドナーをあの工事現場からさらってこなければならない。

「エリス……じゃない、千鶴。護身用に、レーザーフルーレを持っていきなさい」

「はい」

千鶴は厳重にロックがかかった金属製のロッカーの前に立った。

「我が名はエリス・千鶴・レイギッガア。我が手にレーザーフルーレを！」

すると閉まったままのロッカーの扉をすり抜けて、地球でいうところのフェンシングの三種類の剣の一つフルーレのグリップにそっくりなパーツが出てきて千鶴の手に入った。

「レーザーフルーレ、起動！」

その声に応じて、レーザー光線による刀身が現れた。「終了」と千鶴が言うと、刀身はグリップの中に戻った。

「よかった。声紋認識システムはちゃんと働いているわ」

千鶴はそれをポシェットにしまい、

「わたくしは、お兄さまのおそばで、この惑星の景色をスケッチして、あとで銀河系航空宇宙局と銀河系史料編纂室へ送信しますわ。子どもの描いた絵でも、銀河連邦に属さない星に関する貴重なデータの一つになるでしょう？　このたびのご配慮に対するささやかなお礼ですわ」

とにっこりした。

三

「や、おまたせした。典獄《てんごく》（刑務所長の旧称）殿が多忙でな。かわりに本官が面談する。……ん？　警部一人かね？」

工事現場に勤務する警視が、竜興の前に現れた。

「はっ、警視庁より派遣されました、警部・鈴木竜興であります。なお、それがし、医術の心得もございます」

「おう、これは心強いな」

警視は竜興が提出した紹介状や書類に目を通して、満足したようだった。

「もしもし、そこのおじさん。隙を見て逃げるおつもり？」

と、千鶴は囁いた。千鶴は片手にスケッチブックと色鉛筆、もう一方の手には乗馬鞭を持っていた。明け方の景色を描こうと宿舎を出てきたのだった。千鶴と竜興は、看守官舎の一室を借りて、二人で住んでいた。

大きな岩に腰を下ろしていた大男が振り返って、岩から滑り落ちた。

「へ、あ、あっしのことですかい⁉」

汚れた囚人服を着た大男は岩に抱き着いた。

「ご、ご冗談はやめてくだせぇ！　に、逃げようなんて大それたことはこれっぽっちも考えちゃあおりません。あっしはここで、竜興さまの診察を待っておりますんで」

「あら、そうでしたの。でも、どうして救護小屋で待っていらっしゃらないのかしら？」

そう言いながら、千鶴は手にした乗馬鞭を振り上げた。

「待って、待ってください！」

汚れ切った囚人服に清らかな花びらが散りかかるように、華奢な女が飛び出してきて、男をかばうようにしがみついた。

「うちの亭主は脱走しようなんて考える人じゃありません！」

「ゆき！　危ねえから、離れてろ！」

「危ないのは、あなたもゆきさんもわたくしも同じ、このヤブ蚊の集中攻撃を受けそうなのよ」

千鶴は振り上げた鞭で、ぱっぱっぱっとヤブ蚊を払った。鞭の先端で朝日が弾けた。

「千鶴。また何かトンチンカンなことを言って、人を困らせているんじゃなかろうね？」

不意に清涼感のある声がして、千鶴は動きを止めた。

「あ、竜興お兄さま」

「えっ、ご兄妹⁈」

虎太郎とゆきが同時に叫んでいた。

「千鶴。念のために説明するが、その人は夜間工事で足首を痛めたんだよ。だけど、そこの救護小屋の待合室が満員でね、ここで待っていてもらったんだ」

千鶴は、ぺろっと舌を出して大男に謝った。

「そ、そんなもったいねえ。お、お妹さまが勘違いなさるようなとこにいた、あっしが悪いんで。そのうえ、ヤブ蚊を払っていただいて」

ゆきもかたわらで、ぺこぺこと頭を下げた。

竜興は大男の足首の具合を診た。

「捻挫だね。悪いが、ここで治療させてくれ」

「へい。手当てしていただけるだけでも、もったいねえことで」

「それにしても、せつないわねえ。この周辺には、ゆきさんみたいな境遇の女《ひと》たちが、一日連れ合いの姿を見たいと、監視の目に怯えながらも日参しているんでしょう?」

千鶴が、大人びたことを言った。

「あ、そうだ。わたくし、聞いてみたいことがあったの。ねえ、おじさん、ゆきさん、あのね、三日前に、警備小屋の横で、五人の囚人さんが横一列に並んで亡くなっていたことがあったでしょう?」

「へ、へえ。あっしが見たわけじゃねえが、お役人が不思議だ不思議だって」

「ふうん。ところ変われば、追悼の儀式も違うのね。わたくしの故郷のレイギッガアでは、尊い亡くなり方をした人が何人かいらしたら、一列に並べて、みんな等しく神様の元にゆけますようにって、お祈りするのよ」

「ま、まあ、そうなんですか。……あの、れ……い……ぎって、どちらあたりの土地の名前ですか？」

おずおずと、ゆきが尋ねた。

「ええ、まあかなり遠くの。千鶴は何にでも興味を持つ子でね」

竜興は片手で千鶴の背中を軽く叩いた。

「まあ、おえらい妹さまですね」

「いやいや。それより千鶴。この男の人は虎太郎くんといって、お相撲さんなんだぞ。四股名《しこな》は『大虎嘯《だいこしょう》』。東十両筆頭で、来場所勝ち越せば、幕内に上がれるはずだったんだ」

「え。お相撲さんなの」

千鶴の声が上ずった。

「ふふ。千鶴は大相撲が大好きだものなあ」

言語が同じだと他の分野でも似たところがあるらしいと、銀河系航空宇宙局の局員が語っていたのを竜興は思い出した。レイギッガアでも、大相撲は国技として王族も庶民も夢中になっている。

「いいえ、あっしはもう相撲取りじゃありやせん。師匠にも、他の弟子たちにも、あっしは取りけぇしのつかねえ……」

「ねえ、虎太郎さん。出過ぎたことを言いますけど、もう悔やむのはよしたほうがいいわ」

千鶴が口を開いた。

「何人殺めたのかは知らないけれど、それ以外に道がなかったんでしょう？　あなたの生真面目で愛妻家なところから考えると、そう思えるわ」

虎太郎の目に涙が浮かんだ。ゆきも涙を流していた。

「千鶴。僕が思うに虎太郎くんは正当防衛だ」

「やっぱり！」

ゆきが虎太郎の大きな手に、自分の痩せた手をのせた。

「何があったのか、想像はつくわ。ゆきさんは美人だもの。虎太郎さんは、ゆきさんを暴漢から守るため、相手に張り手の一つもお見舞いしたんでしょう？　お相撲さん同士ならどうってことないんでしょうけど、相手が普通の人なら、脳挫傷か何かでってところかしら？」

「うん。そんなところだ」

竜輿は千鶴の頭をぽんぽんと軽く叩きながら言った。

「千鶴、そこに置いたスケッチブックを見せてくれないか？」

「わ、わたくしの絵でございますか？」

その絵は、遥かレールの向こうから、機関車の一両目が垣間見えるものだった。レールの左右には、美しい野の花々。一輪一輪、色も形も違う。ただ、一本の背の高い木が、絵の中にも、虎太郎たちが作っている道路から奥に入ったところにもあった。

「千鶴。これは、どこのスケッチだい？」

「はい。そこの、道路の完成予想図ですわ。あ、いっけなぁい。スケッチを銀河系……あ、ええと、スケッチを描くの忘れておりましたわ」

「ははは。それはそれでいいじゃないか」

「お花はね、昔、どこかよその国の絵本で見たの。お祖母さまのお土産。お屋敷に戻ればありますわ。……わたくしの母はわたくしを産んですぐ亡くなって、父もわたくしが三歳のときに。でも、お祖母さまが両親のぶんまで愛情をそそいでくださって……。あら、話が横道にそれたわ。それで、その本に、西洋の花の名前とか、どんなところに咲いているとか、書いてあったのを思い出して……」

千鶴はその一枚をきれいに切り取って虎太郎に渡した。

「さし上げます。脱走犯と勘違いしたお詫びに」

虎太郎は頭を下げて、分厚い手で絵を丁寧に掴んだ。

「まあ……。何てきれいな絵……」

のぞき込んだゆきが、思わず声を上げた。

「こ、こいつは……」

絵を受け取った虎太郎が呻いた。彼はあることに気がついて呂律《ろれつ》も怪しく聞いた。

「ち、千鶴さま！　こ、この木は、そこに、にょっきり顔を出している『カムイの槍』？」

「ええ」

「てこたあ、この景色はもしかして、あっしらが今、切り開いている地獄道……？」

「そうよ。今、兄にも話したのだけど、完成予想図なの。でも、現実的だと思うわ。

ここに鉄道が通るでしょ？　そうしたら、交通の便が良くなるから人や物の流れが活発になるわ。そうなったら住み着く人たちも出てくると思う。このあたりの気候、風土なら、玉葱でしょ、じゃがいもでしょ、他にもたくさんいい作物が採れるんじゃないかしら？　ここの人たちは、豊穣の恵みを享受できるんだわ」

千鶴は自分で話しているうちに、わくわくしてきた。

虎太郎は身を固くした。その体がふるふると震え出した。

「こんなすげえものが……！」

と、虎太郎は土俵に上がる直前のように目を輝かせた。

「あっしら、ただただ道路ってもんを作るために、それが何なのかもわからずに、毎日泥だらけになって、命がけで……。そうか、こういう美しくて、人がたくさん往来する活気にあふれた街を作ることに……あっしら、一役買ってるってことですかい？」

虎太郎は息を弾ませた。

「ああ。君たちは、縁の下の力持ちだ。これに勝る罪滅ぼしはなかろう。君たちは毎日、泥を浴びる。埋まっている岩や大きな石を砕き、それを道路の外に積んでゆく。

その瓦礫は山となって日の光をさえぎる。そんな中で、手足に切り傷を負ったり、ひどいときは、指を失ったりする者も少なくない。そう、作業中の事故で死亡した者も多い。だが、そのあとには千鶴の描いたような景色が待っているんだ。虎太郎くん、何とか生き延びてくれよ！」

「へ、へい！　ありがてえ！　何てありがてえんだろう！」

虎太郎の流す涙を、竜興は美しいと感じた。

（僕には、二度と流せない色合いの涙……）

竜興は静かに息を吐き出しながら、遠い彼方に、かつて喪った人の面影を見ていた。

「あら？」

ゆきが、絵の中に何か見つけたらしく、千鶴に尋ねた。

「あの、妹さま……」

「千鶴でいいわよ。なあに、ゆきさん」

「この花は、変わっていますねえ。葉っぱが翼の形をしてる。色も水色だし。今にも羽ばたきそうな。何という花なんです？」

「ああ、これ。『レイギッガアの翼』っていうの。ほら、わたくしの帽子にも二輪」

千鶴の帽子には、「レイギッガアの翼」を模した木彫りらしい飾りがついていた。

「れい……ぎ……。さっきもお話に出ましたけど、どういう字を書くんです？」

「ええと……、ひらがな……？」

千鶴は兄を見上げた。

「えっ、何だい？」

現実に引き戻された竜興が、慌てて聞き直した。

「やだ、お兄さま。考え事？　あのね、『レイギッガアの翼』のレイギッガアってどういう字を書くのって、ゆきさんに聞かれたの。ひらがな、よね？」

「違うよ」

竜興はいつもの笑顔に戻った。

「カタカナだよ。外来語だからね」

「ですって」

と千鶴が照れ隠しにお道化た調子で訂正した。

四

「お前にとどめは必要ない。お前は自分が踏みにじってきた多くの人々の恨みを悟るまで、延々と苦痛を感じながら死んでゆくのだ」

片手にレーザーフルーレを握ったガイの冷淡な声が、ひんやりとしたレイギッガア城地下の土蔵に響いた。

「けっ、優しそうな顔《つら》しやがって、やるこたぁ……はあ、はあ、俺以上……」

両手を鎖で縛られ、天井から全裸で吊るされている若い男の全身から、細い筋になった血が流れてくる。

「……そ、そういや、王子様は医者だったな。どこを突けば痛みを感じるか知っていなさる……けっ！」

男が、最初に「殺せ！」と口にしてから、そろそろ一時間になろうとしている。

初めは「殺せ」の声も挑戦的で威勢が良かったが、今は違う。人を殺傷し、物を力ずくで奪うために鍛え上げた肉体。その何か所かを、レーザーフルーレで浅く突かれた。痛みはそれほど強くないが、たらたらと細く流れつづける血が止まらないのが男にとっては不気味だった。

「男らしく、さっさと首を刎《は》ねりゃいいんだ！」

この悪夢のような世界を部屋の隅で冷徹な目で見ている初老の巡査がいた。見事な福耳が、この場にそぐわぬ感じがする。彼は表向きはこの処罰の立会人であり、その正体はガイとエリスの爺やだった。

「て、てめえは、鬼だ。俺も相当なワルだが、てめえほど……残虐なこたぁ……」

言い終わらないうちに、レーザーフルーレが男の左目を潰した。男は失禁した。

「お前はタバコ屋の老女の左目を抉《えぐ》り取った。気の毒に、もうすぐ百歳を迎える老女が、天国に召される日を待ちながら静かにつましく生きてきたのに突然の災難だ。老女は精神的なショックで右目の視力も失ってしまったのだぞ」

男の足元には、いつの間にか大きな血だまりが広がっている。

ガイは、レーザーフルーレを男の下半身に向けた。

「わあ！　や、やめろぉ！　さっさと殺せ！　殺してくれぇ！」

男の声は、いまや哀願に近かった。

「お前が生涯に凌辱《りょうじょく》した女性は三十三人。そのうちの約半数が、その後の人生を自らの手で断っているのだ！」

ガイは非情なまでの無表情で男の男たる部分を一気に切り落とした。

男は白目を剥いて口角から泡を吹いた。

「お前の命は、出血具合から見てあと十五分というところだ。死が訪れるまで、楽しかった人生を振り返るんだな」

そう言い終わったガイは、急に体から力が抜けたように、よろよろと二、三歩後退すると尻餅をついた。

「……僕もあの男と変わらぬ、血で穢《けが》れた、ただの人殺しだ！」

一語一語、噛みしめるように、ガイは言った。

「そのようなことはございません、ガイさま！」

一部始終を見届けた冷静な爺やがガイを支えた。

「ガイさまは、鬼神におなりあそばしたのです！」

「鬼神、か……」

すっかり生気をなくしたガイの、返り血で汚れた制服を、爺やがてきぱきと着替えさせた。


ラン、ラン、ランララ、ラン♪

あと少しで着替えが終わろうというとき、

「ガイお兄ちゃまあ、どぉこぉ？」

という、七歳になったばかりのエリスの声がした。

「しまった！　爺、頼む、エリスを遠ざけてくれ！」

「はっ！　警備巡査！　絶対にエリスさまを中に入れるでないぞ！」

しかし、扉の向こうにいるはずの巡査からの返事はない。

「おのれ、あの若僧巡査め！　恐ろしくなって逃げおったな！」

爺やはあせった。だが、すでに遅く、お気に入りの乗馬服を着て、帽子には二つの「レイギッガアの翼」の飾りをつけ、スケッチブックを抱えたエリスが、入ってきてしまった。

「きゃっ！」

小さな悲鳴を上げて、エリスは、ふらーっと前に倒れてきた。爺やが慌てて飛び出し、エリスの小さな体を抱きとめた。


「……お兄ちゃま……ガイお兄ちゃま……どこ？」

医務室に運ばれたエリスは、一時間ほど脂汗をかきながらうなされていた。熱が急激に高くなった。目にしたものに対するショックが大き過ぎたのだった。

エリスはようやく、うっすらと目を開けた。

「エリス。僕なら、ずっと君のそばにいたよ」

「本当？」

エリスは小さな手を伸ばして、ガイの手を握ろうとした。しかし、ガイはさっと手を引いた。

「お兄ちゃま?」

「すまない、エリス。僕はもう、君のその穢れのない手に触れることはできない」

「どうして? ……あ、わたくし、怖い夢を見ましたの。……お兄ちゃまが、お兄ちゃまが赤鬼になって、天井から吊るされている真っ赤な人を金棒で殴っているの……」

「ああ、そうだよ。僕は鬼になって人を殺した。もう、人間には戻れない」

「うそ! お兄ちゃまが鬼だなんて! お兄ちゃまが人を殺すなんて! エリスは信じません!」

そう言うと、エリスはしくしくと泣き出した。

「エリスさまに申し上げます」

爺やが、ベッドのそばで平伏した。

「爺や、なあに?」

「エリスさまにおかれましては、神の存在をお信じなされましょうか?」

「はい。わたくしは、どこかに神様がいらっしゃると信じています」

「エリスさま。お兄さまは、ご自分が鬼になったとおっしゃいましたが、それは違います。お兄さまのお心に情けをおかけくださった鬼神様が、お兄さまにお力をお貸しくださったのでございます！」

「鬼神様が……」

不安のために青い顔になっていたエリスの顔に、桃色が広がった。

「はっ！　お兄さまが処刑した男は、何十人もの女性《にょしょう》の命を弄《もてあそ》んだうえ、あろうことか、フローレンスさまを死に追いやった男にございます！」

「まあ！　では、あのお優しいフローレンスお義姉さまの仇を……！」

エリスはベッドから飛び降りた。

「ガイお兄ちゃま！」

「エリス……」

エリスは、まだ躊躇《ためら》う兄を無視して抱きついた。

「お兄ちゃま。フローレンスさまは、血のつながりはないけれど、わたくしのお姉さまです。本当のお姉さまのように、わたくしを導いてくださいました。そして、母を知らないわたくしに、慈母のように接してくださいました。お兄ちゃま、フローレンスさまの仇を討ってくださったのですね！　ありがとうございます、ガイお兄ちゃま！」

一息にそう言うと、エリスは大声を出して泣き出した。小さなエリスのどこから出てくるのか、とめどなく流れる涙と鼻水が、ガイの袖や胸に浸み込んでくる。

「エリス！」

ガイは、思い切り妹を抱きしめた。

（だが、結局僕はフローレンスどのの復讐を遂げたに過ぎない。僕は、私怨《しえん》で動いただけだ！）

ガイが唇を噛みしめていると、

――それでかまわぬではないか。

突然、頭の中に太い男の声がした。

――お前は、多くの罪なき女たちの受けた恥辱と苦痛を消し去り、愛するフローレンスの仇を討ったのだ。心根の優しいお前の中に生じた計り知れない怒り。その怒りにわしは呼ばれたのだ。

「え？」

思わずガイは顔を上げた。白いもやのようなものが一瞬、鎧をまとった一本角の鬼神の姿となり、またすぐにもやになり消えるのをガイは、はっきりと見た。鬼神の蓬髪《ほうはつ》が、残像となってガイの胸に残った。

（フローレンスどの……）

美しく聡明で、優しい妻であり、エリスにとっては姉だった。

あの日、山賊を一斉逮捕して、安堵の水を一口飲んだところへ、エアバイクが飛んできたのだ。

「ガイ殿下！　王城に賊が侵入！　警護の巡査ら全員殉職！　なお、妃殿下フローレンスさま、ご落命！」

血を吐くように、エアバイクの巡査は叫んだ。

フローレンスは誰からも慕われていた。

銀色のシートをかけられたフローレンスと対面すべく、ガイは腰を落とした。

フローレンスの裸身は、地球という惑星で発掘されたギリシャの彫像のように美しかった。口の両端から紅《あか》い血が今も美しい模様を描くように流れ出ている。その表情は清らかだった。

——ガイさま。わたくしは、誰にも汚《けが》されてはおりません。

そう言いたげなフローレンスの死が、舌を噛み切ったことによる自死であることは明白だった。

(犯人も、さすがにフローレンスどのに触れるのが恐ろしくなって、何もせずに逃げたか……)

ガイは制服の上着を脱いでフローレンスに着せかけ、しっかりと抱きしめた。

まだ互いに敬称をつけて呼び合う、出来たての夫婦だった。

エリスが遊園地へ行きたいというので、三人で出かけたことがある。城を出たときは快晴だったが、メリーゴーラウンドに乗って、降りた途端に大きな雨粒が落ちてきた。

フローレンスがすぐに自分のジャケットを脱いで、エリスにかぶせた。そのフローレンスにガイが制服の上着をかけてやった。そして、小さなエリスが自分のボレロを脱いで、ガイに差し出した。

　また、あるとき、フローレンスとエリスが早朝の散歩に出て、はしゃいだエリスが石につまずき、膝をすりむいてしまったことがあった。

　フローレンスは自分の水筒の水を、エリスのかすり傷にかけて、丁寧に洗った。そして、かわいらしい模様のついた絆創膏を貼ってくれた。

「歩けますか？　それとも、わたくしが背負ってさし上げましょうか？」

　フローレンスの言葉に、エリスはうっとりとした心持ちで、背負ってほしいと答えた。

「あ、あの、おかしいでしょう？　お義姉さま」

「え？　何がです？」

「だって、もう七つなのに、まだおんぶしてほしいなんて、赤ちゃんみたいで……」

「そのようなことはありませんわ、エリスさま。わたくしはエリスさまが素直に甘えてくださるのが、うれしいのです」

「まあ。ほんとうに？」

「ええ。ほんとうです」

エリスは、うれしくて、うれしくて、思わずフローレンスの背に頬を押しつけた。

フローレンスの背中は暖かかった。

このぬくもりを自分は生涯忘れないだろうと、エリスは感じていた。

五

「こんな田舎で見るお月さまもきれい。ううん、田舎だからきれいなのかしら」

竜輿と夜歩きを楽しみながら千鶴が言った。

「そうだね。この景色ともうすぐお別れだ。文平さんたちが、僕らの宇宙船のエンジニア五人に命をつなげてくれたおかげだ」

僕は、いつからか自分のことばかり考えるようになってしまったのではないか。竜輿は折に触れてそう思う。文平さんたちだって、あとしばらく辛い作業に耐えれば、刑期も終わり、穏やかな暮らしが待っていたかもしれないのだ。その機会を僕は奪ってしまった――あの日、僕の心の奥に眠る本当の自分が目を覚まし、鬼神様を召喚して、そのお力をお借りして、憎しみをそのままあの城に侵入した男に投げつけてしまったのだ。何とおぞましいことか。こんな僕が、やがてレイギッガアの王となる……。その資格が、こんな僕にあるのか?

「あっ、竜興さまと千鶴さま！」

不意に聞き覚えのある声がした。虎太郎とゆきだった。

「お互い、月に誘われて出てきたわけか」

竜興が微笑んだ。

虎太郎は、照れたような、困ったような顔をした。

「へ、へい」

「竜興さまが上の人たちにかけあってくださったおかげで、家族との面会時間も少し延びましたし、こんな夜でも、ちょっとなら。へへっ、監視つきではありますがね」

なるほど、虎太郎たちの五、六メートル後ろから、カンテラを持った巡査が一定の距離を保ちながらついてくる。

「ねえ、ゆきさん」

千鶴が大人びた声を出した。

「は、はい？」

「虎太郎さんの刑期が終わったら、また一緒に暮らすの？」

「はい。これでも夫婦ですから」

ゆきは赤くなりながら答えた。

「これまで大変だったんだもの。これからは、幸せになれるといいわね」

「は、はい！」

「ありがとうごぜえます！」

ゆきは、その場に平伏した。隣の虎太郎も地響きをたてるような勢いでひざまずいた。

「おいおい、二人とも、そこまですることはないよ。早く立ちたまえ。監視の巡査もびっくりしているぞ」

竜興がそう言うと、虎太郎とゆきは、おずおずと顔を上げた。

千鶴のやわらかな笑顔と、いつもと変わらぬ竜興の微笑みに、二人はやっと立ち上がった。

「虎太郎さんは相撲界には戻れないの？」

千鶴は、竜興を見上げた。

「うーん。残念ながら許可は下りないだろう」

竜興が残念そうに言った。

「いや、それでいいんです。あっしはもう相撲部屋には近づきません。これからは、相撲でつちかった精神力と剛力で、人さまをお助けできるような仕事を探して、静かに生きていこうと思ってます」

そのとき、ドーンという爆発音が四人の体を揺すった。

「きゃあ！　何これ？　地震？」

千鶴が竜興にしがみついた。

「発破だ！」

虎太郎が叫んだ。爆発音は二回、三回と続いた。

「避難したほうがいいな」

竜興の声に従って、四人は走り出した。

「すまねえ、竜興さま！　前々から花火師崩れの奴が、いつか監督官舎を吹き飛ばすって言ってたんだ。みんな、愚痴の類《たぐ》いだと思って聞き流していたんだが……」

「そうか。いくら囚人とはいえ、あんな人を人とも思わぬ扱いをされ続ければな……」

竜興が言い終えないうちに前方でも爆発が起こった。

「気をつけろ！　上だ！　岩盤が崩れてくるぞ！」

「きゃあ！」

断末魔のような千鶴の声が響いた。

「千鶴さまあ！　そこを動くなあ！　うおおおお！」

猛虎《もうこ》のように虎太郎の大きな体が飛んで、千鶴を全身でかばった。そこに大きな岩が打ちかかってきた。夜目にも鮮やかな赤い花びらが散った。

「お前さん！」

「千鶴！」

二人を案ずる声が、もつれて絡み合った。

虎太郎は背中を真っ赤に染めて倒れていた。その下から千鶴が這い出してきた。

「虎太郎さん！　虎太郎さん！　わたくしのために……！」

千鶴が泣きながらしがみついた。

「お前さん！　千鶴さまを見事にお助けしたんだよ！　大虎嘯《だいこしょう》、一世一代の大一番だったよ！」

ゆきが涙声で叫んだ。素人目にも、虎太郎の命があと少ししかもたないことがわかった。

「千鶴、こっちへおいで」

竜興が、静かな声で妹を呼んだ。

「お兄さま……？」

「君のにっこり笑う姿は愛らしい。いつまでも、その笑顔を忘れずにね」

「……え……」

千鶴の声が震えた。

「エリス。……唐突だが、ここでお別れだ」

竜興が、悲し気な笑顔で頷いた。

「ガイお兄さま……」

竜興は千鶴に背を向け、虎太郎に駆け寄った。

「虎太郎くん」

「た、竜興さ、ま、ゆ、ゆき、を……」

「その心配は無用だよ」

虎太郎のかたわらに腰を落として竜興は言った。

「息が苦しかろうが、僕にこう尋ねてくれ。『其《そ》はなにびとぞ』」

「そ……そ、は、な、に、び、と、ぞ」

「我はガイ・竜興・レイギッガア。今、我が命をつなげる」

竜興の全身が、青白く光り出した。

虎太郎の体も青白く光り、二つの光は一つになった。その神秘的な光景を見つめていたゆきは、やがて光が消えてゆくのを目を大きく開いて見続けていた。そして、

「お、お前さん！」

と叫ぶが早いか、気持ち良さそうに眠っている虎太郎にしがみついた。

「お前さん、お前さんたら！」

虎太郎はがばっと起き上がった。

——今、我が命をつなげる。

確かに聞いた、涼し気で凛とした竜輿の声。

「ああっ！　何てこった！」

虎太郎は自分の隣に倒れて石のように動かなくなっている竜輿を見つけた。その制服の背中は大きく裂け、血がどくどくと流れている。そのかたわらの千鶴の頬には一筋の涙が流れていた。

千鶴はエリスに戻り、ペンダントを取り出して左右に振り始めた。

「地球の人々よ。わたくしたちのことは忘れてください」

ペンダントが、カッと緑色の光を放った。工事現場の上空に、エメラルドグリーンのオーロラが現れた。虎太郎もゆきも初めて目にするものだった。

エリスは振り返った。虎太郎たちの頭上にオーロラはなかった。ガイと自分のことを、この二人にだけは覚えていてほしいとエリスは願った。

エリスは、虎太郎とゆきを見た。

「お二人とも、末永く、おすこやかに」

そう言うと、帽子から「レイギッガアの翼」を一つ外して、兄の襟元につけた。

「レイギッガアの翼、第一翼、第二翼、起動せよ！」

その言葉と同時に、エリスの背中に水色の大きな翼が出現し、優雅に閉じては開き、開いては閉じた。

ガイの背中にも翼が開いた。流れる血を浴びて紅くなった翼が、エリスの翼と同じように羽ばたいた。

「お兄さま、参りましょう」

エリスが兄の手を取った。

「虎太郎さん、ゆきさん、ごきげんよう」

ガイとエリスは、夜空へと舞い上がった。

エリスは翼を自分の体の一部のようにあやつっていたが、ガイのほうは、翼が何かの荷物を運んでいるように見えた。

六

「……正直なところ、エンジニアチーム全員が瀕死の重傷を負ったときには、もう二度と故郷の土は踏めぬと覚悟したものですが……」

と船長が片足を引きずりながら言った。ロマンスグレーの、自信に満ちあふれた男だが、今日ばかりは気落ちした表情を隠さなかった。

「すべては、ガイ殿下のおかげでございます」

「それは違うわ、船長さん」

エリスはそう応じた。

彼女はレイギッガア特産の柑橘系ワインをついだグラスの中に、兄の屈託を思い出していた。

（お兄さまは、あの集団脱走を企てた五人の囚人の命は、たとえば、虎太郎さんを筆頭に労働条件の改善を求めて反乱を起こすなど、彼らのために使われるべきものであったのだとお思いだったのよ。でも、そうすれば、わたくしたちは故郷に帰る手立てを失っていた……)

エリスはつと立ち上がると、窓辺に寄った。

(いずれ、何かの形で償うつもりだと、お兄さまはおっしゃっておられた……それが、虎太郎さんの命をつなぐことになったのね)

遠ざかってゆく青い惑星を、エリスは熱心に見つめた。

エリスは、船長が気を利かせて、そっと部屋を出ていったことにも気づかず、虎太郎とゆきのことを、ガイとの思い出とともに大事に胸にしまい込んだ。

——エリス。君にワインは早過ぎるよ。

ふと、兄に頭をぽんぽんと叩かれた気がした。

一八九一(明治二十四)年、未木田中央道路は完成した。

工事に当たった囚人のうち、二百十一名が命を落とした。

その中には、鎖をつけられたまま脱走を試みて捕えられた者も多く、彼らは皆土饅頭と呼ばれる土を盛り上げた墓に葬られ、そこは鎖塚と呼ばれた。

当時の野図町長によって、地蔵一体が建てられたのが、わずかな救いだった。


ある晩のことだ。

「お前さんが生きて刑期を終えられて、あたしゃ、毎朝、神棚を拝んでいるんだよ」

ゆきは、虎太郎のはがねのような腕に、そっと自分の腕をからめた。

「わかっていたさ。お前には苦労のかけっぱなしだが……」

「何だい、歯切れが悪い。もう一苦労してくれってかい？」

「えっ！　ど、どうしてわかった？」

「そうでもなけりゃ、こんな夜更けに、鎖塚に行って拝んでこようなんて言わないだろう？」

「お、おう」

「で、今度は何事なんだい？」

「国と、闘う」

「ええっ！」

「ここで死んでいった仲間たちの遺族にせめて、ええと、何ていったかな、とにかく、残された者たちの暮らしが立ちゆくようにだな……」

「お前さん。その話、誰かからんでいるんだね？　相手はどういう人さ。信用できるのかい？」

「おう。俺もいろんな奴らを見てきたからな。相手は代言人《だいげんにん》（今の弁護士）。四日前、蕎麦屋で昼飯を食っていたら、金を払わねえという客が、六人。どっから見ても、ごろつきで、店主も泣き寝入りしかけたんで、俺の出番かと思ったんだが……」

「そこに登場したんだね、代言人？」

「ああ。二十四、五の優男《やさおとこ》なんだが、琉球に渡って身につけたという、空手ってえ拳法で、あっという間に一件落着」

「へえ。自分の身は自分で守る、っていう意気込みだね。危険な奴らばかり相手にしているみたいだねえ。――それで、お前さんとは、どこでつながったんだい？」

「へへ、その代言人さんのほうから声をかけてくださったのよ。元東十両筆頭の大虎嘯関さんですよね。僕、子どもの頃からずっと応援していたんです、ってよ」

——僕がもっと早く生まれていれば、あの法廷で代言人としてあなたを無罪にできたものを。それが悔しくて。

代言人は、拳を握りしめてそう言ったのだった。その後二人は、いろいろ話し込んだという。

「ふうん……」

「国と闘う……返事は明日することになってる」

「また命がけだね。お前さん、迷っているのかい？」

「ああ……。あと一歩のところでな。情けねえ……」

「情けなくなんかないよ。誰だって、怖……ひっ！」

「どうした！」

「お、お地蔵さまが、に、二体になってるよ！」

「ほ、ほんとだ。誰か、信心深い人が、建ててくださったに違いねえ」

「花も供えてある……あ、ね、お前さん、この花！　この花、千鶴さまが身に着けていらした『レイギッガアの翼』……」

「ああ、違いねえ！」

「いったい、いつの間に……。不思議なご兄妹だったからねえ。……なぜだか、他の連中は、竜興さまのことも千鶴さまのことも、記憶にないなんて言っているけど……」

「ああ。だが、千鶴さまは確かにいらっしゃったんだ！　そして、竜興さまも確かに……。この俺に、ご自分の命を注いでくださったんだ！　このお地蔵様は、きっと千鶴さまからの激励だ！　ゆき！　俺はやるぞ！」

虎太郎は吠えるように叫んだ。身の内側から、もう一つの力が湧き上がってくるのを、虎太郎は感じた。

「はいよ！　あたしもいっしょに闘うよ！」

「お二人とも、くれぐれもお気をつけて……」

バルコニーに立つ、ドレスをまとった影が、片手の中のコンパクトビジョンを見ながら呟いた。

「陛下、こちらでしたか」

「爺や、『陛下』は早過ぎます」

「これは、先走りまして、エリスさま」

福耳が目立つ老侍従が、頭を下げた。

「女王であるお祖母さまが、わたくしたちの留守の間に、お亡くなりになっていらしたなんて……」

「心の臓の発作にございますれば」

「王となるべきお兄さまは、地球で虎太郎さんに命をつないで……」

そこへ司祭がしずしずとやってきた。

「戴冠式のお時間です。エリス・千鶴・レイギッガアさま」

「はい」

エリスは歯切れよく応えると、はきなれた乗馬ズボンとは勝手の違うドレスを両手でついと摘まんで、裾をさばきながら堂々と歩き始めた。

（完）

妖精地帯のマリア

一

日曜日の朝、翔太郎《しょうたろう》は出勤するため家を出た。秋の透明な光の中、人影はまばらだ。もっと早い時間に家族揃って副都心あたりに向かったのだろう。翔太郎は橋の欄干から我が町を眺めやった。だんぜん緑が多い。町の西側にはクリーム色の市営アパートが整然と並んでいて壮観だ。東側は戸建ての住宅が思い思いの姿で並んでいる。十五分も歩けば、見るところ遊ぶところがいっぱい、買い物するところもいっぱいの副都心がある。

「ねえねえ、おじさん、戦闘警察《コンバットポリス》のおじさん！」

いきなり制服のベルトを叩かれ、翔太郎は驚いて目をやった。赤いコートを着たかわいい女の子がにこにこしていた。

「何だい、お嬢ちゃん？　あ、それよりおれ、おじさんじゃないぞ。お兄さんだよ、まだ二十三歳なんだ。ほら」

翔太郎はヘルメットの風防を上げた。

「わあ！　カッコいいお兄ちゃんだあ！」

女の子は興奮して、翔太郎にまつわりついてきた。

「お兄ちゃん、昨夜はご苦労さまでした」

女の子は大真面目な顔で敬礼した。

「タイシカンにしのびこんできたキョウアクハンを投げ縄でタイホ、お見事でした！」

「ああ、あの事件ですか」

翔太郎は女の子に合わせて口調を改めた。

「お兄ちゃんは、何人タイホしたのですか？」

敬礼したまま、少女は尋ねた。

「はっ。三人であります！」

翔太郎も敬礼した。

「三人も！　すごーい！　ピストルとか使わずに、投げ縄だけで⁉」

女の子の目は尊敬に満ちていた。

（ふふふ、この子、昨夜の刑事ドラマと現実を混同してるんだな）

「ママも呼んでこよう！」

と勢い良く走り出そうとして、少女は戸惑った。

「ママが、いない……」

「え、ママと二人だったのかい？」

「う……ん……」

女の子の目に、みるみる涙があふれてきた。

慌てて女の子を抱き上げて、翔太郎はにっこり笑った。

「大丈夫ですよ。コンバットポリスは迷子の味方。お嬢ちゃんのママは、このおれが探し出してあげますから、安心してください」

「本当？　……でも、ママ……ママー！」

女の子はついに泣き出した。

翔太郎は女の子を抱いたまま、家業の喫茶店「海風」を目指した。

彩子《あやこ》は「海風」でコーヒーを淹れるのが仕事だった。いろいろな豆を仕入れ、さまざまにブレンドした彼女のコーヒーは、多くのリピーターを呼んだ。

「彩ちゃん、結婚してもここでこうしてコーヒー淹れてくれるんだってね。よかった」

「彩ちゃんのコーヒーも笑顔も、他の店にはないもんな」

と常連客たちは語らった。そこへドアのカウベルが鳴った。

「彩子姉さん。この子、迷子らしいんだ。何を聞いても泣くばかりで、お手上げ」

「や、これは次男坊のコンバットポリスの登場だ」

「こんちは。くつろいでいるとこ邪魔してすみません」

「翔太郎くん、その特撮ヒーローみたいなカッコイイ戦闘服とヘルメットも、泣く子には勝てないみたいだね。何せコンバットポリスといやあ、凶悪犯専門。相手を殺さず捕まえて法の裁きの場に引きずり出す、が信条だからね。正義のヒーローだねえ」

「うふふ。ご苦労さま、翔ちゃん。選手交代ね」

そう言うと、彩子はしゃがんで迷子に笑いかけた。

「お嬢ちゃん、ココアを作ってあげるからね。寒かったでしょう、外」

彩子は女の子をカウンター席に座らせると、素早くココアを作って、女の子の前に差し出した。

「うわあ。パンダさんだあ」

ココアの泡が、可愛いパンダの顔になっている。

「お嬢ちゃん、お名前は?」

「まいこ。やまもと、まいこ」

それを聞いた翔太郎はヘルメットのマイクを口元に寄せ、胸ポケットからスピーカーシートを取り出して店の外壁に貼りつけた。

「えー、迷子を預かっております。こちらは喫茶『海風』、迷子のお名前は、やまもとまいこちゃ――」

翔太郎が言い終わらぬうちに母親が店に駆け込んできた。

「すみません。偶然知り合いに会って、ちょっと立ち話しているうちに……」

こうして昼間の凡庸な「事件」は一件落着したのだった。

「あら、いやだわ。天井のライトが点滅してる」

彩子はお気に入りのガラスのつけペンを机に置いて立ち上がった。

「五、六日前に光太郎兄さんにつけ替えてもらったばかりなのに……」

自分で新しい電球と交換しようかと思ったが、高いところは苦手な彩子だった。

(お父さん、手が空いているかしら?)

喫茶店はもうとっくに営業を終えている時間だ。

(光太郎兄さんは今日、当直だと言っていたし……)

彩子が電球交換を父に頼もうと決め、自室のドアを開けたときだった。階段をぎしぎしと軋ませながら上がってくる音がした。

「翔ちゃん、お帰りなさい!」

「やあ、彩子姉さん。ただいま。昼間はありがとな。――ん? どうかしたのかい?」

「ええ。部屋のライトが点滅しちゃって」

「ああ、それぐらいおれが見てやるよ」

翔太郎は制服のまま彩子の部屋に入り、椅子に乗った。

「ちょ、ちょっと、翔ちゃん。銃まで持ち帰っているの？　昨日のＴＶドラマ『特命係の二人』で見たのより小さいみたいだけど。その銀色の……」

「ああ、これはパラライザー。相手を麻痺させるやつ。昨日のは、番組を作る人たちが大きいほうが迫力が出るって言って、小道具さんに作ってもらったそうだよ。ま、実際はこのサイズだけど誰でも手に入るスタンガンより強力なんだ」

「へ、へえ……」

このとき、彩子の中で突然不安が兆《きざ》した。急に翔太郎のことが怖くなった。なぜ怖いのかわからない。でも、ひたすら怖い。

「こりゃあ不良品だな、下から新しい電球持ってくるから……」

椅子から降りて振り向いた翔太郎の顔が、緊張した。

「ね、姉さん、何で裁縫バサミをおれに向けてるの？」

「で、出てって、翔ちゃん！」

「え？　急にどうしたの？　危ないぞ、姉さん。そんなもの振り回したら……」

「姉さんじゃないわ」

「え？」

「あなたとわたしは血がつながっていないのよ！　わたしはもらい子なんだから。わたしをどうしようっていうの！　そのパラライザーで動けなくして……そして……出てって！　本当に刺すわよ！」

「わかった。すぐに出るから、落ち着いて」

翔太郎は訳もわからず、とにかくこれ以上彩子を刺激しないよう、急いで部屋を出た。

部屋のドアが勢いよく閉まり、鍵をかける音がした。中からは、彩子の泣き声がかすかに聞こえてきた。

翔太郎は階段を駆け下りた。

「おふくろ！　彩子姉さんの様子がおかしいんだ！　裁縫バサミを握りしめて先端をおれに向けて、『出てって』って」

「ええっ！　裁縫バサミって、ちょっとあんた何かしたんじゃないでしょうね？」

「何言ってんだよ！　おれが兄貴の婚約者に手を出すように見えるのか？」

「うーん……」

「何でそこで立ち止まって考えるんだよ！　とにかく、早く姉さんを落ち着かせてやってくれよ。おれ、こっそりついてくから」

とにかく母と翔太郎は彩子の部屋へ向かった。翔太郎は彩子から死角になるところに身を置いて、いざというときのために捕縄《ほじょう》を手にした。

「彩ちゃん。お店のケーキが余ったの。一緒に食べましょう？」

「お母さん、お母さん！」

彩子はドアの鍵を開けて母を迎え入れると、母に抱き着いて激しく泣いた。

母が素早く視線を走らせると、裁縫バサミは床に放り出してあった。

「お、お母さん。しょ、翔ちゃん、翔ちゃんは、その辺にいない？」

「大丈夫。一階でお父さんと将棋を指してるわ」

翔太郎は、彩子が震えながら自分の名を口にしたのを聞いた。

翔太郎の心の中に木枯らしが吹いた。

翔太郎が南野《みなみの》署長に呼ばれたのは、その翌々日の午後だった。

署長室の応接用の椅子に署長と翔太郎は向かい合って座っていた。観葉植物が目立つ明るい部屋だ。

「では問題を出そう。この写真に写っているものが何だかわかるかね？」

署長は、自分の顔ぐらいの大きさに引き伸ばした、一枚の写真を机の上に広げた。

翔太郎は思った。今回の任務は難しそうだ。なぜならそういうときの署長は、今日みたいにすっとんきょうな話題で話し始めるのが常だからだ。翔太郎は気乗りのしない声で答えた。

「遮光器土偶《しゃこうきどぐう》でしょう？　頭に小さな飾りをのせて首から下は短い両腕、両足は短い上にがにまた。目に当たる部分が、北アメリカの先住民族イヌイットが雪中活動する際着用する遮光器（ゴーグル）に似ているので、この名がついたんですよね」

「うむ、なかなか詳しいな。では、この遮光器土偶の正体は何だと思う？」

「宇宙服を着た異星人だと思いますよ」

「うむ！　合格だ！　よく知っていたな、これの名称とかエイリアンだとか」

「以前、東京で行われた全国警察逮捕術選手権大会に出場したあと、国立博物館で見たんです。うちの家族、こういうの好きなんですよ。邪馬台国はどこにあったのか、とか。遮光器土偶は、一部では人気がありますからね。ぬいぐるみとか、Tシャツの絵になって、ディープなファンがたくさんついていますよ」

「ふむ。ぬいぐるみね」

　署長はなぜだかにんまりした。

「ところで、君の装甲パトカーにはバーディーが搭載されていたかね」

「ええ。ちょっとした荷物を運ぶ鳥型ロボットですよね。一羽いますよ」

「そうか。じゃあ、君のバーディーに持っていってもらうか」

「あの、何をですか？」

「いや、まあまあ。それより風神《かざがみ》警部補、コンバットポリスの家族寮への入居を認める！」

「やった！　迅速なご対応、ありがとうございます！」

彩子が裁縫バサミを手にしたのが一昨日の夜。翔太郎が署長に入寮について相談したのが今朝のことだった。

「ただし、条件つきだ」

なるほど、条件か。その条件というのが、何やら怪しげな任務を示しているのだなと、翔太郎は思った。翔太郎はげんなりしたものの、しかし独身の翔太郎を家族寮に特別に入れてくれるというのだから、それなりの働きはしなければならない。独身寮が空いていればよかったのだが、あいにく満杯だったのだ。

コンバットポリスは署長直属だ。

（おふくろに、寮に入れることになったと伝えたら安心するだろう。おふくろだけでなく、親父も兄さんも）

そして――。

（彩子姉さんが一番安心してくれるだろうな）

翔太郎は苦い笑いを嚙み殺した。

二

フロントガラスから見る満月が今まで見たことがないくらい大きい。その月に抱かれるように、小さなホテル街がゆらゆらと蜃気楼のように頼りなげに佇んでいる。南野署長の説明どおりだ。

（あれが、娼婦の街、妖精地帯……）

ここはうちの管轄区域だから、何度もパトロールで通ったことがあるが、砂丘が広がるだけの場所だったはずだ。地図にもカーナビにも、あんな街は存在していない。

「ちょっと、兄ちゃん。車はここまで。あとは歩きだよ」

いきなり声をかけられ、さすがに翔太郎はびっくりした。

声のほうを見ると「駐車場管理室」と書かれた、電話ボックスを廃品利用したボックスがあった。こんな大きなものをおれは見落としていたのかと、翔太郎は信じられない思いに動揺した。

「駐車料、午前二時までで三万円ね」

目がぎょろりと大きな初老の管理人は言った。

「三万？　そりゃ暴利だぞ。普通はだいたい……」

「車を蟻地獄に引き込まれたくなけりゃ、三万」

「蟻地獄？　そんなものがあるところに、駐車場を作るなんて非常識な話があるかよ！」

「世の中何でもありだよ。三万円出すの、出さないの？　そのパトカー、失くしちゃったら三万じゃ買えないよねえ」

「三百万出しても買えねえよ！」

翔太郎はぷりぷりしながら管理人がさし出したトレーに、一万円札を一枚一枚しっかり数えて置いて砂漠に踏み出した。足が埋まって、歩きにくいことこのうえない。するとの背後から、コンコンとパトカーの窓をつつく音がした。

「あ、バーディーか。ちょっと待ってろ。頃合いを見て署長から預かった荷物を持ってきてもらうからな」

翔太郎がヘルメットのマイクでそう言うと、バーディーは「ラジャー」と言って敬礼した。

その街は一見洒落たホテル街に見えた。高いビルが多く、ヘルメットの望遠機能で風防に画像を映すと、中には最上階が回転式レストランになっているところもあった。視線を下ろすと、玄関のドアにステンドグラスをあしらった、趣のあるバーがあった。翔太郎が初めて訪れる場所だった。

(不思議だよなあ。こんな街が、いったいどこに隠れていたっていうんだ?)

砂地だった足元は、いつの間にかきれいに舗装されている。

ただ、やはり「客層」が違った。ホテルの階段に腰を落とし「俺は五人、撃ち殺した」と涙を流す若い傷痍兵。彼のそばにはきれいに着飾った若い娘がついていて、相手の話を聞いてやったり、抱きしめて一緒に泣いたりしていた。

(待てよ。何で日本に兵士がいるんだ? だいたい、今どこの国の言葉で喋ったんだ?)

その傷痍兵の声を、翔太郎はなまで聞いたのではなかった。ヘルメットの自動翻訳機が、外国語を感知して自動翻訳した合成音で翔太郎に伝えたのだった。

翔太郎がぐるりとあたりを見渡すと、片足を失った傷痍兵を若い女が支えている姿もあった。

一見普通の兵士が、突然叫び声を上げてうずくまった。

（ＰＴＳＤ……心的外傷後ストレス障害ってやつだな）

翔太郎がコンバットポリスになり立ての頃、海の向こうで戦争が起きた。国連からの文民警察を派遣してほしいとの要請に、日本政府はコンバットポリスの中堅警官を十人ほど送った。

戦争はあっけにとられるほど簡単に終息したが、多くの兵士や文民警察官の心の中では戦争がまだ続いていた。翔太郎の先輩たちにも、まさにそこの兵士のような症状が現れた。翔太郎がやり切れない思いでいると、いつの間に現れたのか、別の若い娘があの兵士を抱き起こした。男は女の膝を枕に、そして女の歌う異国の子守歌を聞きながら寝入った。女を抱きに来る街というより、女に抱かれに来る街と言ったほうがいいだろうと、翔太郎は思った。

（一か月前に、うちの機動隊が彼女を逮捕するべくここへ来た……いや、正確にはこの場所を見つけることができず、右往左往したあげく、そのまま帰ってきたと署長は言っていたが……。署長の口ぶりでは署長自身もこの街に来たことがあるらしいし、実際おれも今この街にいる）

――ロマンチックな人間にしか見えんのだよ。

「ロマンチックねえ。遮光器土偶が異星人に見えたからって、何かこじつけっぽいな。とはいえ、家族寮の件があるからな。多少ヘンなことをやらされても仕方がないか」

妖精地帯と呼ばれるこの街を仕切っている女性・マリアを、風営法違反で逮捕すること。それが家族寮に入れてもらう条件だ。

「マリア、か。聖母の名前を名乗って失礼じゃないのかね」

署長によれば、マリアはラベンダー色の長い髪に黒目がちな大きな双眸が特徴的で、上品に微笑む姿が神々《こうごう》しいそうだ。

「まずは聞き込みからか。だけど、この見るからにコンバットポリスですって格好じゃ、誰もまともに返事をしないだろうな」

「面倒な聞き込みなら不要だよ」

いきなり低い声がしてして人影がすっと横に立ったので、翔太郎はどきっとした。

「久しぶりだな、翔ちゃん」

「その呼び方はやめろと言っているだろう、バック少佐！」

翔太郎は相手が顔見知りの傭兵であることを確認して、横に一メートルほど飛びのいた。

「おい。あんた、何で日本にいるんだよ！　日本は長いこと戦争とは無縁なんだ。傭兵の格好してうろうろするなよ！」

「今夜はアルバイトなんだよ。最近の世の中、あっちもこっちも妙に平和になってきてさ、傭兵の需要が激減してるんだよね。それでチーフから『これならバック、お前一人で充分だ』って名指しされちまったってわけ。翔ちゃんこそ何しに来たのかな、こんなところに」

バック少佐がサングラスをぎらつかせて問うてきた。

「マリアってぇ人を風営法違反で逮捕しに」

「へー。マリアのいる場所なら俺が知ってるぜ」

「……バイト、バイトって言ったな。傭兵の格好でバイトって……どんなバイト？　あんたも、マリアに用かい？」

翔太郎は慎重に聞いた。バック少佐から剣呑《けんのん》な気配が流れてきたからだ。

「ああ、この格好が一番動きやすいんだ。バイトが殺し屋だからさ。マリアの首をもらいにきた」

その殺伐とした台詞が終わるが早いか、二人の体が激突して、すぐ離れた。

「翔ちゃん、俺の邪魔するとその程度じゃ済まないぜ」

「その程度？」

「手の甲、見てみな。左じゃなくて、右、右。普通、利き手をやられるもんだろう」

「げっ、グローブの手甲が切れてる！　包丁の刃も砕く強力な合皮を使ってるはずなのに！」

「残念だったなあ」

バック少佐はバタフライナイフを器用に躍らせながら、

「こっちも特別あつらえのナイフでな。お前なんぞさっさと片づけて、マリアの首をスパッと……」

「そうはいくか！　マリアには指一本触れさせない！　おれは、簡単に片づけられるほど、やわじゃねえからな！」

翔太郎は腰のパラライザーを抜くと、照準をバック少佐に合わせた。

いつの間にか見物人たちが輪になって翔太郎とバック少佐の危険なやりとりを眺めていた。

「おやめなさい、二人とも」

凛とした美しい声がして、一人の女性が輪の中に入ってきた。

ラベンダー色の長い髪。シンプルな水色のドレスをまとった二十六、七歳と思われる人だ。

（この髪の色……。それに神々しいほどの気。署長が言っていたのはまさにこの人のことだ。妖精地帯のマリア。……彩子《あやこ》姉さんよりちょっと年上だな）

と、翔太郎の気は一瞬現実から逸《そ》れた。

「危ない！　上よ！」

見物人から声が上がった。バックお得意の殺人業だ。空中で一回転して標的にキックをお見舞いする。そのとき短靴の踵《かかと》からナイフが飛び出すのだ。翔太郎は実弾の入った銃を構え、バック少佐の踵に狙いを定めた。ところがそのとき、バック少佐は突然バランスを崩してマリアの後ろに地響きを立てて落ちた。

「何やってんだ、あいつ？」

「脚が攣《つ》ったようね」

静かな声で、マリアが言った。語尾に上品な笑い声が重なった。バック少佐ははと見ると、さすが兵士、自分の足にナイフを突き立て、足の攣りを回復させた。

「今日のはリハーサルだ。本番を楽しみにしていろ！」

いくら気取っても負け犬の遠吠えにしか聞こえない台詞を放って、バック少佐はかたわらの暗黒色のバイクにまたがって走り去った。

見物人たちもマリアが無事だったことを確認して、それぞれ元いた場所に戻っていった。

「あなた、風神警部補さんかしら？」

「は、はい。風神翔太郎警部補です。ど、どうしておれの名を？」

「そりゃあ、自分を捕まえに来た人のことくらい、わかるわよ。ふふ」

「え、どうして自分が逮捕されるとわかったんです？」

「情報網がしっかりしているのよ」

そう答えたあと、マリアは急に心配そうな表情になった。

「わたしを捕まえる前に、まず部屋で一休みしてください。傷の手当を早くしないと」

「傷……？」

そう言われてみると右手がずきんずきんと痛む。バック少佐に切られたグローブの手甲から血が流れ出て、地面にぽたぽた垂れていた。

「くそっ、手甲グローブだけでなく皮膚まで切られていたか」

「わたしを守ろうとしてくださったのね。お礼を言います」

「あっ、いやっ！　おっ、女の人を守るのは、男のしっ、使命の一つですからっ！」

かちんこちんになって翔太郎は言った。

「さっきのバック少佐のことも、もう調べはついているの。あの人、わたしを殺しに来たのよね？　風神警部補さんとバック少佐はお知り合いみたいね」

「ええ。そのへんのこともお調べ済みなんでしょう？」

「いいえ。どんなご縁があったのかしらと想像する楽しみもとっておかないとね」

　マリアは微笑んだ。

「ここの女たちは、みんなホテルの一室に住んで、お客さまをお迎えしているの」

「じゃあ、あなたもホテルの中に……？」

「ええ。建物は古いけれど、土台がしっかりしているから安心して」

　マリアの部屋は三階にあった。エスカレーターもエレベーターもないが、瀟洒な四階建てのホテルだった。

「さ、どうぞ」

　その部屋は、ワンルームマンションの作りだった。カントリー風というのだろうか、ナチュラルトーンの食器棚が置かれ、パッチワークのベッドカバーやトールペインティングが施された箪笥が、心を穏やかにしてくれる。ここが彼女の暮らす場所であり、客を取るところでもあるのだ。

「あれ……？」

翔太郎は、この統一感に満ちた部屋の壁に、一点だけそぐわないものを見た。

「さ、傷を見せて。風神さん」

マリアが救急箱を持ち出してきた。

「あ、ありがとうございます。あの、唐突なことをお聞きしますけど、あの古い写真、そこの壁に貼ってある、あれって……」

「遮光器土偶のこと？」

「何だか、この部屋の中で浮いてますよね、あの一枚だけ。何か理由があるんですか？」

余計なお世話だと思いつつ、しかし翔太郎は気になった。

「遮光器土偶のモデルって、何だと思って？」

「え？」

「遮光器土偶の正体、といってもいいかしら？」

「う、宇宙服を着た、異星人？」

「当たり」

マリアは微笑んだ。

「父も、そう言っていたそうよ」

「えっ、父？ ……つまり、それは、あなたのお母さんのお客さんだった人、ですか？」

と尋ねてしまってから、失敬なことを聞いてしまったかと翔太郎は悔いた。慰めを求めてこの妖精地帯に来る男たち。彼らが妖精と交われば、子どもが生まれることがあるだろう。

「し、失礼。悪いことを聞いてしまいました」

「気にしないで。この街の女たちは、お客さまと女たちの間に生まれるわ。でも、ハーフとは違うの。厳密に言えば、父親から受け継ぐのは人間としての姿を構成する力だけ。それがないと、わたしたちの姿はあなたたちから見えないから」

「へえ。そういうものなんだ……」

（待てよ。あの遮光器土偶へのこだわりようは……まさか……）

翔太郎は気になって、ちょっと探りを入れてみた。

「あ、会いたいでしょうね、親父さんに」

「そうね。でも、わたしはこの街から出られない。それに、もし父が訪ねてきたとしたら、それは心に何か傷を負っている証し。そんな痛々しい父とは会いたくないわ。父には、人間界で人間の奥さんと子どもたちに恵まれていてほしいの――それより、風神さん。この傷、思ったより深いみたいよ」

「大丈夫ですよ、こんなのしょっちゅう。何しろコンバットポリスですから」

翔太郎は、少しポーッとして応じた。さっきまで、ヘルメットの風防越しに見ていたマリアの顔。ヘルメットを取ってじかに見ると、その美しさは二倍に思えた。

色白のなめらかな肌。黒目がちの双眸。長い睫毛――そしてラベンダー色の髪。

包帯を巻いてくれながら、マリアは言った。

「少しベッドで横になったら？　わたしなら逃げないわよ」

そう言われれば、少し眠い。時間は午後十時。女性一人を風営法違反で逮捕するだけの一見簡単そうな任務のはずが、バック少佐が出てきたりするから、何やらややこしいことになってきた。

（南野署長、あなたも狸だからな。何か隠しているんじゃないかと思っていたが……。そもそも風営法違反なら普通の警官で済むことだ。何でコンバットポリスのおれに……。それに、あの遮光器土偶の写真……。偶然か、それとも……）

そんなことを考えているうちに、翔太郎は心地良い眠りに誘われていった。

三

風神家は、もともとは両親と子ども二人の四人家族だった。子どもは長男の光太郎、次男の翔太郎。だが、翔太郎が五歳のときにこの家族構成に変化が起こった。長女の彩子が加わったのだ。彩子は父の親友の娘だった。ある日、彩子と家族を乗せた車が対向車線を越えてきた居眠り運転のトラックに激突された。この大事故で生き残ったのは彩子だけだった。そうして彩子は風神家の養女となり、光太郎の妹、翔太郎の姉の立場になったのだった。三人の子どもたちはすぐに仲良しになった。しかし年頃になると、表面上の関係は変わらなかったが、内面にはそれぞれ変化が起きた。もともと気立てが良くて物静かな彩子だ。光太郎・翔太郎兄弟にとって彩子はもはやきょうだいではなかった。一人の素敵な女性として心に映るようになった。

一方、彩子は二人の気持ちを感じていた。彼女もまた、二人を血のつながらない男性として意識していた。無論、意中の人は一人だ。それは兄の光太郎だった。翔太郎と同じ警察官ながら、光太郎は少年課に籍を置く警部だった。光太郎は、非行に走った少年たちの話を真剣に、とことん聞いた。やがて少年たちは光太郎に心を開き、彼をアニキと呼んで、更生したあとも悩み事などの相談に来るようになった。そんな光太郎のおおらかな優しさに、彩子は惹かれていった。

(じたばたするな。おれはピエロにはならないぞ)

そう自分に誓ったのは翔太郎だ。

(おれも兄貴を尊敬している。おれが惚れた人と兄貴が結ばれるんだ。最高のカップルじゃないか。おれは心から祝福している)

しかし、この翔太郎のやせ我慢は家族中に見破られていた。日頃の言動がわざとらしくなってきたので、いやでも家族の注目を集めてしまうのだった。

「翔太郎には悪いけど、家を出て一人暮らしをしてもらうのが安全ね」

母がそう言うのを聞いてしまった。それは深夜にトイレに起きた翔太郎が、部屋に戻るために茶の間の前を通ったときのことだった。閉じられた襖《ふすま》の中から、真夜中だというのに明かりが漏れ、自分の名が聞こえてきたので足が止まったのだ。その日は彩子が裁縫バサミを手にした翌日だった。彩子は昼間母に付き添われて、昨夜の異変に関して心療内科で診察を受け、マリッジブルーの一種だから心配いらないと診断された。ただ、と医師は注意したそうだ。

——具体的な不安の種があるのなら、取り除いてあげてください。

「あいつには可哀想だが、そのほうがみんな安堵して暮らせるな」

父まで同意した。

「待ってください、父さん。母さんも」

げっ、兄貴もいたのか。そう思うと、翔太郎は急に疎外感を覚えて辛くなった。

「ねえ、父さん、母さん。安全とか安堵ってどういう意味？　まるで翔太郎が危険人物のように聞こえるよ」

「そこまで思っているわけじゃないのよ。でも、半年前のこともあるからね……。あの子がいると何か落ち着かないの、心配なのよ」

「心配って、翔太郎の身が？　それとも翔太郎のせいで母さんが心穏やかに暮らせないってこと？」

「両方よ」

あれは半年ほど前の「全国警察逮捕術選手権大会」で、翔太郎が総合優勝を果たした翌朝のことだった。前の晩には、母が翔太郎の好物ばかり作ってくれて、翔太郎も久しぶりに和やかな気持ちになって、おふくろの味を堪能した。そこまではよかったのだ。問題はその翌日に起きた。

翔太郎は休暇をもらっていたので、逮捕術大会の緊張がまだ体に残ったまま深い眠りについていた。

「翔太郎、いいかげん起きなさい。朝ごはん食べないと片づけちゃうわよ」

一階から母の声が聞こえた気がしたが、翔太郎は疲れて動けなかった。うつらうつらしているうちに、また深い眠りに落ちた。

「翔太郎ー？　やだ、まだ寝てる。よーし」

様子を見に来た母は、持ってきた孫の手で翔太郎の足の裏を、

「こちょこちょこちょ。あ、悶えてる、悶えてる。うふふ、そーれ、こちょこちょ……」

と弄んだ。が、次の瞬間、母の悲鳴が家中に響いた。

「母さん⁉」

遅番の光太郎がまだ家にいたのが幸いだった。駆けつけた光太郎の視界には、ロープで拘束された母と、寝ぼけ顔で母を見下ろしている翔太郎の姿があった。

「おい、翔太郎！　これはどういうことだ？　何で母さんを縛り上げげたんだ！」

「ちょ、ちょっと、何でもいいから、ほ、ほどいて……痛たたた、うーん、苦しい……」

「ああ、ごめん、母さん。今すぐ解放するからね。ほら、頼むぞ翔太郎」

「お、おう！」

我に返った翔太郎が、結び目の一つに指をかけると、ロープは一瞬にしてほどけた。

「大丈夫か、おふくろ！」

翔太郎が抱き起こすと、

「大丈夫なわけないでしょ！　体中の骨がボキボキバキバキ鳴ったわよ！」

「おふくろ、そりゃ大げさだろ。おふくろの擬音は昔からそうなんだ」

「うるさい！　何の恨みがあって、母さんを殺そうとしたのよ！」

「ええっ！　何でおれがおふくろ殺すんだよ！」

「それは母さんが聞きたいわよ！　助けて、光太郎！」

　母は、光太郎にしがみついた。

「そりゃないぜ、おふくろ！」

「うるさい！　バカ太郎！」

「母さん、落ち着いて。翔太郎、お前も落ち着け」

「兄さん……」

「母さん。この部屋には、翔太郎を起こしに来たんだよね？　どうやって起こしたの？」

「うっ……うん……孫の手で、足の裏をこちょこちょって……」

「それだよ母さん、原因は」

　光太郎が嘆息した。

「何よ。光太郎まで、翔太郎の肩を持つの？」

「あのね、母さん。翔太郎は僕ら一般の警官とは違うんだよ。凶悪犯専門。それも生け捕りにして法の裁きを受けさせなければならない。これはとても難しいことなんだよ、正当防衛で殺してもいけないんだから。凶悪犯の三倍は武術に長《た》けていないと殉職だ。そんな命がけの仕事をしているんだよ、翔太郎は。だからいつも神経を張り詰める癖がついてしまったんだ。その張り詰めた神経は、自分の家の中でさえ緩むことがないんだ。僕も武道をするから、そういう翔太郎の神経の動きを感じるんだよ」

「……え、そうなの、翔太郎？　あんた、そんな危ない仕事をしてるの？」

母は、急に不安げな表情になった。

「うん。まあ、おかげ様で危ない目にあったことはそうはないけどね」

「そんな仕事、辞めなさい！　あんた、体育系の大学ならいくらでもあるのに、わざわざあの聞いたこともない短大へ行ったでしょ。そこで一応体育教諭の免許取っているんだから、中学校の……」

「マーシャルアーツを教えている学校が、あの短大しかなかったんだ。マーシャルアーツっていうのは、日本語でいう『武芸』。まあ、東洋の武術全般を指しているんだよ。警察学校に入る前に体を作っておこうと思って、あそこへ行ったんだ。なあ、おふくろ。いやなことを思い出させるけど、おふくろも覚えてるだろう？　高校二年の冬。おれは友達を、凶悪犯の引き起こした事件で亡くしているんだ。あいつは人質の一人にされ、見せしめに殺されたんだ」

「母さんも覚えているわ……。木村優一くん、だったわね」

「うん。ここからは話したことがなかったけど、お通夜で見た棺の中のあいつの顔、右半分には包帯が巻かれてたてさ」

――木村くんの顔、見せてはもらえないんですか、おばさん。

――あなた、風神くん、かしら?

――はい。風神翔太郎です。あの、どうしておれが風神だと……?

――息子がね、僕の作曲した歌を真剣に聴いてくれて、感動してくれる友達が一人いるんだって、うれしそうに話してくれて。背も高いし肩幅も広くて、正義感も強いから、すぐに警察官になれそうなカッコいいヤツなんだって。

――木村、くんが……。

――風神くんならいいわ。でも、すごくひどいから、卒倒しないでね。

木村の母親は嗚咽を漏らした。

「包帯を取った木村の顔は、皮膚がはがされ、顔の骨が見えていた。眼窩《がんか》にきれいに磨いたような目玉があった。あんまりむごいから言わなかったんだ」

翔太郎の母は蒼白になっていた。

――生活反応があったんですって……。

そう言うと、木村の母親は号泣した。

「木村は、生きたまま顔の皮をはがされたんだ……。あのとき、どれだけあの犯人が憎かったことか！　木村のお母さんの泣き声を聞きながら、おれは絶対にコンバットポリスになってやるって決めたんだ……」

「翔ちゃん……」

母が光太郎の後ろから出てきた。

「ごめんね。翔ちゃんにそんな深い思いがあったなんて、母さん知らなくて」

母は、翔太郎の片手を取った。

「でも翔ちゃん。それでもお願いだから、もうそんな仕事は辞めて」

「おふくろ。悪いけどさ、それを言い出すといつまでも堂々巡りだ。おれは最初からいなかったものと思ってくれよ」

母は、しばらく翔太郎をじっと見つめていたが、やがて、

「……バカ太郎。せいぜい死なないようにね」

と言ってくれた。


「よく眠れた？　翔太郎さん？」

気がつくと、翔太郎はマリアのベッドで寝ていた。こんなに気持ち良く眠ったのは何年ぶりだろうと思った。

「傷が熱を持っているわ」

マリアは、翔太郎の枕元に椅子を持ってきて座っていた。マリアは翔太郎の手甲グローブを外した手に、心配そうに直接触れていた。やわらかな感触が翔太郎の手を包んでいる。

「姉さん……」

「え？」

「あ、いや、姉が……血のつながらない姉がいるんです。あなたより少し年下かな」

「彩子さん、ね」

マリアは明るく微笑んだ。

「えっ、ど、どうして……。ああ、そうか。おれがあなたを逮捕しに来たことを知ってたくらいだから、家族のことも全部お見通しってことですか？」

「そうよ。好きなんでしょう、彩子さんのこと」

「す、好き、ですけど、あくまでも姉として好きなだけです」

「わたしの前で堅苦しいのはなしよ」

そう言ったマリアの顔は、優しかった。

「……あの、話は変わりますけど。ここ、あー、妖精地帯のことですけど、いったい、どこにあるんです？　所番地は？」

「妖精地帯はいつもここにあるわ。所番地は、そうねえ。一応、坂梨区砂の丘四〇番地」

「確かに住所は合ってますね。でも、いつもは見えない……っていうより、ないでしょう？　うちの機動隊が坂梨区砂の丘四〇番地はすでに探しているんです。なのに建物どころか、人の気配もまったくなかった。秘密の入り口なんてのももちろんない」

「ええ。ここは、同じ番地に存在する異世界、とでも言えばいいかしら」

「い、異世界……？」

「ふふ。頭が疲れてきたかしら。コーヒーを淹れるわ。ちょっと待ってて」

マリアは小さなキッチンへ入っていった。

（異世界……。突飛な話だが、それで不可解だった、どこの国の兵士だかわからない者があちこちにいることの理由がわかる……。バック少佐もいた。そして、おれ自身がいる。――あ、忘れるところだった。マリアさんはバック少佐に命を狙われているんだ。保護しないと）

「お待ちどおさま、コーヒー入ったわ」

「あ、ありがとうございます」

翔太郎は混乱してきた頭を解きほぐすために、一口コーヒーを飲んだ。

「こ、これ、彩子姉さんのオリジナルブレンド『ムーンストーン』！」

「一口でわかるのね。あなたがどれだけお姉さんを愛しているのか、伝わってくるわ」

翔太郎はマリアの言葉がうれしかった。家族には自分が彩子に愛情を抱いていることを隠していたつもりだが、とっくにばれていた。彩子本人にさえ。だがそれでも翔太郎は彩子に告白はしなかった。それなのに、彩子を怯えさせてしまった。

原因はマリッジブルーだというが、医者の言葉がある。

――具体的な不安の種があるのなら、取り除いてあげてください。

(だから、おれは決めたんだ。二度と彩子姉さんの前に姿を見せないと)

「そうね。今は静かに退場するときかもしれないわね」

とマリアが言った。

「えっ、マ、マリアさん。おれの心が読めるんですか?」

「というより、あなたの表情にそういう気持ちが滲み出ているのよ」

マリアは翔太郎を見つめた。美しい黒曜石のような瞳。翔太郎はマリアの顔をまともに見ていられなくなった。恥ずかしいのか照れくさいのか、とにかく顔がほてってきて、一刻も早くマリアから離れたかった。

「あっ、ちょ、ちょっとトイレ！」

「トイレなら、この部屋に……」

とマリアがおっとり言いさしたときには、翔太郎はすでに三階の部屋から一階の外来者用のトイレに一目散に駆け込んでいた。

トイレがすぐそこにあるのはもちろんわかっていたし、とくに尿意があったわけではなかった。だが、このワンルームのトイレで二人を隔てるのは、たった扉一枚だ。マリアの気配を近くに感じてしまう。ただ、マリアから逃げたかったのだ。マリアに甘えてしまいそうになる自分が情けなかったから。一人になって、少し頭を冷やしたかった。

（彩子姉さんがダメだったから、今度はマリアさん、なんて考えているんじゃないよな、おれ？）

「その手じゃ用足しも大変だねえ、翔ちゃん」

隣に、とっくに消えたと思っていたバック少佐がいた。

「うわあ、びっくりした。て、てめえ、懲りずにまた！」

「おいおい、途中で体の向きを変えるなよ。こっちにかかるだろう!」

「まだジッパー下げてねえよ」

「あっそ。……それにしても、翔ちゃんの仕事は無益な殺生をしなくて済むから、いいよねえ」

「これはまた、意外な台詞だな」

翔太郎は、あらためてバック少佐の顔を見た。

「俺だってさ、か弱い女の首を持っていかなきゃならない生活なんて、そろそろやめたくなってんだよね」

「あんたの言葉とは思えないな」

「まっ、今回の場合は見た目か弱い女だが、あれで人間じゃねえってんだから充分警戒しないと、こっちが命を取られちまうかもな」

「身の危険を感じれば誰でも豹変するさ」

「まあな。しかし、妖精か。どんな力を持っているかわからんぜ。たとえば、俺があの女の首へナイフ蹴りをくらわせようとしたとき、突然足が攣った。マリアの目が紫色に光ってた」

「じゃあ何、あんたの足をマリアさんが攣らせたってことか？」

「多分な。サイコキネシス、一種の超能力ってやつだろ」

「超能力ねえ。エスパーか」

「いや、妖精だ。余計訳わからん存在だよ」

そこまで話したとき、

「翔太郎さん？　まだおトイレ？」

マリアの声がした。戻りが遅いので心配してくれたのだろう。

「す、すみません、まだトイレです。腹の具合が悪くなってしまって。今、行きます」

「けっ、にやけてやがる。あの女は翔ちゃんの大好きな彩子姉さんではなくて、妖精地帯のマリアなんだからな！」

「わかってる。っていうより、何で彩子姉さんのこと知ってんだよ！」

「目障りな奴のことは本人はもちろん家族、ペットの子犬の名前まで調べてあるんだよ」

険悪な調子で二人が先を争ってトイレから出て玄関ホールに立つと、マリアが心底

心配していた様子で立っていた。そして、

「売春宿協会に雇われた殺し屋さん、翔太郎さんから離れなさい」

毅然とした声で言った。

「やっぱり、あんたちゃんとわかってたんだな。自分が命を狙われていること」

バック少佐がバタフライナイフを手にした。

「ええ。情報網はこちらも完璧よ。売春宿協会は、あちらの実入りがかなり減った理由をこの妖精地帯にお客さまを横取りされたせいだと考えているんでしょう？」

「らしいな」

「ちょっと待てよ、バック少佐」

翔太郎が臆せずマリアの前に立った。

「邪魔だ。どけ、翔ちゃん」

「だからちょっと待てって。その売春宿協会の奴らは、よく妖精地帯の存在を知っていたな。実際に来たことがない限りわかんないぜ、異世界にある妖精地帯なんて」

「だったらどうだというんだ。協会の奴が一人か二人、妖精地帯に来たことがあって、その繁盛ぶりを見て妖精地帯を商売敵《がたき》と思ったんだろうよ」
「そうかな？　思うんだけど妖精地帯が見える人間っていうのは、どこか疲れている
とか心が壊れちまってる男たちだ。それをここの妖精たちに癒してもらって、また自
分の世界に帰っていく。おれだったら足を向けて眠れないぜ。協会の奴だって、商売
敵だなんて恩知らずなこと考えるかな？」
「……ううん。一理あるな、その意見」
と言ったバック少佐の顔が翳《かげ》ってきた。
「俺、チーフに騙されて捨てられちゃったのかな？」
「いや、そこまではわからないけど……」
「捨てたというわけではないのでしょうけど。バック少佐、売春宿協会という組織は
存在しないわ。あなたの世界にも、もちろんここにも」
マリアが静かな声で、しかしきっぱりと言った。
「わあ、俺クビにされたんだ。思い当たることはあるんだよね。ここ二回連続して、俺、
失敗してるんだよね、アルバイト……」

やがて、バック少佐はバタフライナイフを器用に回して、腰のベルトに差した。

「バック少佐？」

応戦態勢をとっていた翔太郎は戸惑った。

「俺、元の世界に戻らなくてもいいいな」

バック少佐はしゃがみこんでしまった。

そういえばバック少佐は、人を殺すことに痛みを感じるようになっていたようだったと、翔太郎はトイレでの会話を思い返した。

「じゃあ、ここで暮らせば？」

マリアが意外な提案をした。ついさっきまで自分を殺そうとしていた男を信用するのか？　そう、それがマリアの度量の広さだろう。

「……ありがたいけど、俺にすることはある？　言っとくけど、男娼だけはいやだぜ」

「ここの女たちに護身術を教えてほしいの。お客さまが女に暴力をふるうこともあるから。それから、わたしの用心棒になってくださらなくって？」

「えー。ほんとにいいのかい？」

「もちろん。すぐ、あなたのお部屋を用意するわ」

「女の子つき？」

「ええ。あなたの心はもうぼろぼろだわ。ここで傷を癒しながら、さっきお願いしたことを、ね」

というわけで、バック少佐は予想外の道を与えられたのだった。


困ったのは、翔太郎だ。

「翔太郎さん。わたしの部屋に戻りましょう」

マリアに促され、翔太郎は三階までの階段を黙々と上がった。

部屋の窓から夜風が入ってきて、カーテンが揺れていた。誘われるように、翔太郎は十歩ほど歩いて窓辺に両手を置き、月光に照らされた街をぼんやりと眺めやった。だから、いきなり背後からものすごい力で抱き着かれたとき、何が起こったのかすぐには理解できなかった。

「マ、マリアさん⁉　ちょっ、何のつもり……？」

「お願い、死んでちょうだい、翔ちゃん！」

「ね、姉さん⁉」

翔太郎のあばら骨がめりめりと悲鳴を上げた。

「な、何で、姉さんが、ここ、に……！」

ぼきっと音がして、あばらが一本折れた。

「ぐっ！　おれを殺しに、こんなところに来たのか……？」

「そうよ！　翔ちゃんがいたら、わたし、安心できないの！　あなたがここで死んでも、何の証拠も残らないわ！」

「ね、姉さん……！」

二本目のあばらが折れた。

「わ、わかった！　おれがいなくなったら、姉さんは安心できるんだね。だ、だったら、姉さんは、手を汚すな……おれ、自分で死ぬから」

翔太郎は実弾の入った拳銃をこめかみに当てた。目を閉じる。そして、引き金を引いた。

四

——あれ、ここは……第十二区一号警察本部……。変だな。おれ、いつこの世界へ戻ってきたんだ？

翔太郎はきょろきょろした。すると、すぐに男たちの激しい口論が耳に入った。そこは大会議室だった。

——おいおい、お偉方の会議の最中に何でおれがいるんだ。早く退室しないと……。かたわらのドアのノブを握り……いや、握ったつもりだが、手が半透明になり、ドアのノブを握れなかった。

——そうか、おれ、くたばっちまったんだ。幽霊になって彷徨《さまよ》っているのか。

「私は反対です！」

突然、毅然とした声がした。

——おっ、南野署長。な、何か若いな。二十歳以上若いんじゃないか。髪の毛が黒々としてるし。

幽霊になるとタイムスリップするのか？　死ぬの初めてだから、よくわからないな。

「相手はまだ十六歳の少年です」

南野署長の必死の声がする。十六歳の少年？　誰のことだろう？

「非行少年といったって、授業中に勝手に教室を出て遊びにいってしまう程度だ。女子高生に交際を迫って怪我をさせたという話も、女子高生が逃げようとして転倒し膝を擦りむいただけで、彼が乱暴したわけではないと女子高生も証言している！」

「だが、男性教諭を金属バッドで殴って殺害し、教室に立て籠っているのは事実だ！　警察の説得にも、母親の懇願にも応じず、今なお籠城している」

「本人もどうすればいいのかわからなくなっているんだ。とにかく、取り調べもしないまま射殺するのは行き過ぎだと思います！」

「これ以上の議論は時間の無駄だ。射殺に賛成の者は起立せよ」

座っているのは、南野署長だけだった。

「射殺決定だな。母親の了解はわれわれが取る。南野警部。狙撃手は君だ」

「そ、そんな！　自分は、まだ射殺には反対……」

「南野警部、もう決定したことだ。オリンピック金メダルの腕前を見せてもらおう」

署長……。結局、どうしたんだろうか。


「どうしたと思うかね？」

気がつくと、翔太郎は署長室にいた。あの応接用の椅子に署長と向き合って座っていた。もっとも、署長は遮光器土偶の写真を宙にかざして眺めながら、質問を出したのだった。

「そ、それは……」

そうか、南野署長は妖精地帯へ行き、そこの女に救いを求めた。つまり少年を射殺してそのことを懺悔したのだろう。

すると署長は、溜息まじりに続けた。

「わたしが射殺した少年は、あばら骨が折れ、左足の大腿骨も折れていた。先に攻撃を仕掛けたのは教諭で、少年は身を守るために教諭を殺してしまったのかもしれない……。あのとき、コンバットポリスがいてくれたら……」

翔太郎は、署長にかける言葉もなかった。


「翔太郎さん」

はっと気がつくと、マリアが笑顔を見せた。

そこはマリアのカントリー風の部屋だった。

（あれ、姉さんはいったいどこへ？　おれ、確かにこめかみを撃ち抜いたはず。どうして生きているんだ？　それに、南野署長……夢だったのか。いや、しかしあれは実際にあったことに違いない。この部屋で若き南野警部は、マリアさんの母に涙を流して赦しを請うたのだ）

「翔太郎さん。ごめんなさいね。あなたのあばら骨を折ったの、お姉さんじゃなくてわたしなの」

翔太郎は、ベッドの上で目を剥《む》いた。

「ふふふ。でも、ちゃんと治しておいたから悪く思わないで」

「おれ、頭を撃ち抜いて死んだつもりだったんですが」

翔太郎は上半身を起こしてこめかみに触れた。両方のこめかみに、引き攣ったような傷跡があった。

マリアはそっと翔太郎を抱きしめた。

そのとき翔太郎は感じた。このぬくもりは、恋愛感情を超えた、深い愛情なのだと。マリアのふところに、黙って抱かれていればいいのだと。

「翔太郎さん。あなた、見事に右のこめかみから左のこめかみまで撃ち抜いたわ。さすがに生き返らせるのにわたしの力だけじゃたりなくて、あと十人の妖精の力を借りたわ」

「じゃあおれ、マリアさんたちに助けてもらったんですね？」

「ええ。ここは妖精地帯。ここはね、翔太郎さん。あなたがバック少佐に語っていたとおり、心に深い傷を負った男たちが引き寄せられて来る街なの。そしてわたしたち妖精は彼らの傷を癒す存在」

「ああ、やっぱり。それで泣いている傷痍兵や突然叫び出す兵士がいたわけだ」

「そうよ。あなたもその中の一人ね」

「おれは戦争になんか行ってませんよ」

「心に負う傷にはさまざまあるわ。あなたの場合は失恋ね。でも大丈夫よ。あなたはお姉さんに人を殺させたくなくて、自裁した。あなたの決死の優しさは、いつかお姉さんの心に伝わるわ」

「そうかあ。だといいけど……うん。そうですね、きっと」

「南野署長さんがあなたに、わたしを風営法違反で逮捕してこいなんて言ったのは口実よ。署長さんから見てもあなたの傷心ぶりが痛々しくて、昔自分が赴いた妖精地帯にあなたを行かせてみようっていう気持ちだったと思うわ」

「南野署長は、あなたの……？」

「ええ、父よ。案外あなたにかこつけて、わたしの近況も知りたかったのかもね」

「大の男のあばらを二本へし折るほど元気だったと言っておくよ」

翔太郎はベッドから降りて立ち上がりかけたが、めまいがして片膝をついてしまった。

「もう少し、安静にしていたほうがいいわ」

「ええ。それにしても、南野署長はどうして成長したあなたの容姿を知っていたんだろう」

「わたしたちは、お客さま——つまり父親ね、その容姿にはまったく左右されないの。代々母の顔と姿を継承するの。名前もね」

「へええ……あ！　いけねえ！」

「なあに？」

「南野署長に頼まれていたんだ、あなたに渡してくれって」

翔太郎はサイドテーブルに置かれた自分のヘルメットのマイク部分に呼びかけた。

「バーディー、聞こえるか？」

「聞コエル。イツマデ待タセル、翔太郎！」

「悪い悪い、署長から預かった荷物を持ってきてくれ」

「ラジャー」

バーディーはものすごい速さで吹っ飛んできた。

「何かしら？　翔太郎さんのヘルメットより大きいわね」

「しかし、クラフト紙に包んであるっていうのも無粋《ぶすい》だなあ」

「何だか、やわらかくてふわふわしているものが入っているわ」

マリアはクラフト紙の袋から中味を取り出した。マリアは目を大きく見開いてそれを見ていたが、「かわいい！」と少女のように笑った。

「見てみて、翔太郎さん。遮光器土偶のぬいぐるみよ！」

「しょ、署長。通販であらかじめ……」

「この子、垂れ目だわ。作った人のユーモアかしらね。両目が垂れてるところがいいわあ。遮光器土偶さん。あなたも疲れているのかしらねえ」

マリアは翔太郎の存在を完全に忘れているようだった。

「それじゃあ、これサンドイッチとコーヒー。車は自動運転なんでしょ？　車の中でゆっくり食べて」

没収時間ぎりぎりで走り出したパトカーの中で、翔太郎はマリアがくれたバスケットを開けた。短い手紙が入っていた。

あなたが、コンバットポリスとして戦い続けていく中で、耐え切れないほどの心の傷を負ったなら、自然にまた妖精地帯が見えるようになるわ。そうならないように、祈っています。でも、たまにはあなたの顔を見たい気もするわ。ふふ。

マリア

（完）

〈著者紹介〉

水無月慧子（みなづき けいこ）

1962年生まれ、札幌市出身。

1988年「出航前夜祭」で第14回新沖縄文学賞佳作。

作品に1991年「鬼餅寒（ムーチービーサ）が駆けぬける」（沖縄タイムス紙朝刊連載）。

著書に2008年「海の階調」（沖縄タイムス社刊）。

紅《あか》の脈絡《みゃくらく》

2024年3月21日　第1刷発行

著　者　　水無月慧子
発行人　　久保田貴幸

発行元　　株式会社 幻冬舎メディアコンサルティング
〒151-0051　東京都渋谷区千駄ヶ谷4-9-7
電話　03-5411-6440（編集）

発売元　　株式会社 幻冬舎
〒151-0051　東京都渋谷区千駄ヶ谷4-9-7
電話　03-5411-6222（営業）

印刷・製本　瞬報社写真印刷株式会社
装　丁　　弓田和則

検印廃止

ISBN 978-4-344-69074-5 C0093
幻冬舎メディアコンサルティングＨＰ
https://www.gentosha-mc.com/